GESCHICHTE VOM BRAVEN KASPERL UND DEM SCHÖNEN ANNERL MIT EINIGEN SOLDATENLIEDERN ALS ANHANG

CLEMENS BRENTANO

Es war Sommersfrühe, die Nachtigallen sangen erst seit einigen Tagen durch die Straßen und verstummten heut in einer kühlen Nacht, welche von fernen Gewittern zu uns herwehte. Der Nachtwächter rief die elfte Stunde an. Da sah ich, nach Hause gehend, vor der Tür eines großen Gebäudes einen Trupp von allerlei Gesellen, die vom Biere kamen, um jemand, der auf den Türstufen saß, versammelt. Ihr Anteil schien mir so lebhaft, daß ich irgendein Unglück besorgte und mich näherte.

Eine alte Bäuerin saß auf der Treppe, und so lebhaft die Gesellen sich um sie bekümmerten, so wenig ließ sie sich von den neugierigen Fragen und gutmütigen Vorschlägen derselben stören. Es hatte etwas sehr Befremdendes, ja schier Großes, wie die gute alte Frau so sehr wußte, was sie wollte, daß sie, als sei sie ganz allein in ihrem Kämmerlein, mitten unter den Leuten es sich unter freiem Himmel zur Nachtruhe bequem machte. Sie nahm ihre Schürze als ein Mäntelchen um, zog ihren großen schwarzen wachsleinenen Hut tiefer in die Augen, legte sich ihr Bündel unter den Kopf zurecht und gab auf keine Frage Antwort.

„Was fehlt dieser alten Frau?" fragte ich einen der Anwesenden. Da kamen Antworten von allen Seiten: „Sie kömmt sechs Meilen Weges vom Lande, sie kann nicht weiter, sie weiß nicht Bescheid in der Stadt, sie hat Befreundete am andern Ende der Stadt und kann nicht hinfinden." – „Ich wollte sie führen," sagte einer, „aber es ist ein weiter Weg, und ich habe meinen Hausschlüssel nicht bei mir. Auch würde sie das Haus nicht kennen, wo sie hinwill." – „Aber hier kann die Frau nicht liegen bleiben," sagte ein Neuhinzugetretener. „Sie will aber platterdings," antwortete der erste, „ich habe es ihr längst gesagt, ich wolle sie nach Haus bringen, doch sie redet ganz verwirrt, ja sie muß wohl betrunken sein." – „Ich glaube, sie ist blödsinnig. Aber hier kann sie doch in keinem Falle bleiben," wiederholte jener, „die Nacht ist kühl und lang."

Während allem diesem Gerede war die Alte, gerade als ob sie taub und blind sei, ganz ungestört mit ihrer Zubereitung fertig geworden, und da der letzte abermals sagte: „Hier kann sie doch nicht bleiben," erwiderte sie mit einer wunderlich tiefen und ernsten Stimme:

„Warum soll ich nicht hier bleiben? Ist dies nicht ein herzogliches Haus? Ich bin achtundachtzig Jahre alt, und der Herzog wird mich gewiß nicht von seiner Schwelle treiben. Drei Söhne sind in seinem Dienst gestorben, und mein einziger Enkel hat seinen Abschied genommen; Gott verzeiht es ihm gewiß, und ich will nicht sterben, bis er in seinem ehrlichen Grabe liegt."

„Achtundachtzig Jahre und sechs Meilen gelaufen!" sagten die Umstehenden, „sie ist müd und kindisch, in solchem Alter wird der Mensch schwach."

„Mutter, Sie kann aber den Schnupfen kriegen und sehr krank werden hier, und Langeweile wird Sie auch haben," sprach nun einer der Gesellen und beugte sich näher zu ihr.

Da sprach die Alte wieder mit ihrer tiefen Stimme, halb bittend, halb befehlend:

„O, laßt mir meine Ruhe und seid nicht unvernünftig; ich brauch keinen Schnupfen, ich brauche keine Langeweile; es ist ja schon spät an der Zeit, achtundachtzig bin ich alt, der Morgen wird bald anbrechen, da geh ich zu meinen Befreundeten. Wenn ein Mensch fromm ist und hat Schicksale und kann beten, so kann er die paar armen Stunden auch noch wohl hinbringen."

Die Leute hatten sich nach und nach verloren, und die letzten, welche noch dastanden, eilten auch hinweg, weil der Nachtwächter durch die Straße kam und sie sich von ihm ihre Wohnungen wollten öffnen lassen. So war ich allein noch gegenwärtig. Die Straße ward ruhiger. Ich wandelte nachdenkend unter den Bäumen des vor mir liegenden freien Platzes auf und nieder; das Wesen der Bäuerin, ihr bestimmter, ernster Ton, ihre Sicherheit im Leben, das sie achtundachtzigmal mit seinen Jahreszeiten hatte zurückkehren sehen und das ihr nur wie ein Vorsaal im Bethause erschien, hatten mich mannigfach erschüttert. „Was sind alle Leiden, alle Begierden meiner Brust? Die Sterne gehen ewig unbekümmert ihren Weg, wozu suche ich Erquickung und Labung, und von wem suche ich sie und für wen? Alles, was ich hier suche und liebe und erringe, wird es mich je dahin bringen, so ruhig wie diese gute, fromme Seele die Nacht auf der Schwelle des Hauses zubringen zu können, bis der Morgen erscheint, und werde ich dann den Freund finden wie sie? Ach, ich werde die Stadt gar nicht erreichen, ich werde wegemüde schon in dem Sande vor dem Tore umsinken und vielleicht gar in die Hände der Räuber fallen." So sprach ich zu mir selbst, und als ich durch den Lindengang mich der Alten wieder näherte, hörte ich sie halblaut mit gesenktem Kopfe vor sich hin beten. Ich war wunderbar gerührt und trat zu ihr hin und sprach: „Mit Gott, fromme Mutter, bete Sie auch ein wenig für mich!" bei welchen Worten ich ihr einen Taler in die Schürze warf.

Die Alte sagte hierauf ganz ruhig: „Hab tausend Dank, mein lieber Herr, daß du mein Gebet erhört."

Ich glaubte, sie spreche mit mir, und sagte: „Mutter, habt Ihr mich denn um etwas gebeten? Ich wüßte nicht."

Da fuhr die Alte überrascht auf und sprach: „Lieber Herr, gehe Er doch nach Haus und bete Er fein und lege Er sich schlafen. Was zieht Er so spät noch auf der Gasse herum? Das ist jungen Gesellen gar nichts nütze, denn der Feind geht um und suchet, wo er sich einen erfange. Es ist mancher durch solch Nachtlaufen verdorben. Wen sucht Er? Den Herrn? Der ist in des Menschen Herz, so er züchtiglich lebt, und nicht auf der Gasse. Sucht Er aber den Feind, so hat Er ihn schon; gehe Er hübsch nach Haus und bete Er, daß Er ihn los werde. Gute Nacht!"

Nach diesen Worten wendete sie sich ganz ruhig nach der andern Seite und steckte den Taler in ihren Reisesack. Alles, was die Alte tat, machte einen eigentümlichen ernsten Eindruck auf mich, und ich sprach zu ihr: „Liebe Mutter, Ihr habt wohl recht, aber Ihr selbst seid es, was mich hier hält. Ich hörte Euch beten und wollte Euch ansprechen, meiner dabei zu gedenken."

„Das ist schon geschehen,“ sagte sie. „Als ich Ihn so durch den Lindengang wandeln sah, bat ich Gott, er möge Euch gute Gedanken geben. Nun habe Er sie und gehe Er fein schlafen!“

Ich aber setzte mich zu ihr nieder auf die Treppe und ergriff ihre dürre Hand und sagte: „Lasset mich hier bei Euch sitzen die Nacht hindurch und erzählet mir, woher Ihr seid und was Ihr hier in der Stadt sucht; Ihr habt hier keine Hilfe, in Eurem Alter ist man Gott näher als den Menschen; die Welt hat sich verändert, seit Ihr jung wart.“

„Daß ich nicht wüßte,“ erwiderte die Alte, „ich habs mein Lebetag ganz einerlei gefunden. Er ist noch zu jung, da verwundert man sich über alles: mir ist alles schon so oft wieder vorgekommen, daß ich es nur noch mit Freuden ansehe, weil es Gott so treulich damit meinet. Aber man soll keinen guten Willen von sich weisen, wenn er einem auch grade nicht not tut, sonst möchte der liebe Freund ausbleiben, wenn er ein andermal gar willkommen wäre; bleibe Er drum immer sitzen und sehe Er, was Er mir helfen kann. Ich will Ihm erzählen, was mich in die Stadt den weiten Weg hertreibt. Ich hätt es nicht gedacht, wieder hierherzukommen. Es sind siebenzig Jahre, daß ich hier in dem Hause als Magd gedient habe, auf dessen Schwelle ich sitze, seitdem war ich nicht mehr in der Stadt; was die Zeit herumgeht! Es ist, als wenn man eine Hand umwendet. Wie oft habe ich hier am Abend gesessen vor siebenzig Jahren und habe auf meinen Schatz gewartet, der bei der Garde stand! Hier haben wir uns auch versprochen. Wenn er hier – aber still, da kömmt die Runde vorbei.“

Da hob sie an mit gemäßigter Stimme, wie etwa junge Mägde und Diener in schönen Mondnächten, vor der Tür zu singen, und ich hörte mit innigem Vergnügen folgendes schöne alte Lied von ihr:

„Wann der Jüngste Tag wird werden, Dann fallen die Sternelein auf die Erden. Ihr Toten, ihr Toten sollt auferstehn, Ihr sollt vor das Jüngste Gerichte gehn; Ihr sollt treten auf die Spitzen, Da die lieben Engelein sitzen. Da kam der liebe Gott gezogen Mit einem schönen Regenbogen, Da kamen die falschen Juden gegangen, Die führten einst unsern Herrn Christum gefangen, Die hohen Bäum' erleuchten sehr, Die harten Stein' zerknirschten sehr. Wer dies Gebetlein beten kann, Der bets des Tages nur einmal, Die Seele wird vor Gott bestehn, Wann wir werden zum Himmel eingehn! Amen.“

Als die Runde uns näher kam, wurde die gute Alte gerührt. „Ach,“ sagte sie, „es ist heute der sechzehnte Mai, es ist doch alles einerlei, grade wie damals, nur haben sie andere Mützen auf und keine Zöpfe mehr. Tut nichts, wenns Herz nur gut ist!“ Der Offizier der Runde blieb bei uns stehen und wollte eben fragen, was wir hier so spät zu schaffen hätten, als ich den Fähndrich Graf Grossinger, einen Bekannten, in ihm erkannte. Ich sagte ihm kurz den ganzen Handel, und er sagte mit einer Art von Erschütterung: „Hier haben Sie einen Taler für die Alte und eine Rose“ – die er in der Hand trug – „so alte Bauersleute haben Freude an Blumen. Bitten Sie die Alte, Ihnen morgen das Lied in die Feder zu sagen, und bringen Sie mir es. Ich habe lange nach dem Lied getrachtet, aber es nie ganz habhaft werden können.“ Hiermit schieden wir, denn der Posten der nahgelegenen Hauptwache, bis zu welcher ich ihn über den Platz begleitet hatte, rief:

„Wer da?" Er sagte mir noch, daß er die Wache am Schlosse habe, ich solle ihn dort besuchen. Ich ging zu der Alten zurück und gab ihr die Rose und den Taler.

Die Rose ergriff sie mit einer rührenden Heftigkeit und befestigte sie sich auf ihren Hut, indem sie mit einer etwas feineren Stimme und fast weinend die Worte sprach:

„Rosen die Blumen auf meinem Hut, Hätt ich viel Geld, das wäre gut, Rosen und mein Liebchen."

Ich sagte zu ihr: „Ei, Mütterchen, Ihr seid ja ganz munter geworden," und sie erwiderte:

„Munter, munter, Immer bunter, Immer runder Oben stund er, Nun bergunter, 's ist kein Wunder!

Schau Er, lieber Mensch, ist es nicht gut, daß ich hier sitzen geblieben? Es ist alles einerlei, glaub Er mir. Heut sind es siebenzig Jahre, da saß ich hier vor der Türe, ich war eine flinke Magd und sang gern alle Lieder. Da sang ich auch das Lied vom Jüngsten Gericht wie heute, da die Runde vorbeiging, und da warf mir ein Grenadier im Vorübergehn eine Rose in den Schoß – die Blätter hab ich noch in meiner Bibel liegen –, das war meine erste Bekanntschaft mit meinem seligen Mann. Am andern Morgen hatte ich die Rose vorgesteckt in der Kirche, und da fand er mich, und es ward bald richtig. Drum hat es mich gar sehr gefreut, daß mir heut wieder eine Rose ward. Es ist ein Zeichen, daß ich zu ihm kommen soll, und darauf freu ich mich herzlich. Vier Söhne und eine Tochter sind mir gestorben, vorgestern hat mein Enkel seinen Abschied genommen – Gott helfe ihm und erbarme sich seiner! – und morgen verläßt mich eine andre gute Seele, aber was sag ich morgen, ist es nicht schon Mitternacht vorbei?"

„Es ist zwölfe vorüber," erwiderte ich, verwundert über ihre Rede.

„Gott gebe ihr Trost und Ruhe die vier Stündlein, die sie noch hat!" sagte die Alte und ward still, indem sie die Hände faltete. Ich konnte nicht sprechen, so erschütterten mich ihre Worte und ihr ganzes Wesen. Da sie aber ganz stille blieb und der Taler des Offiziers noch in ihrer Schürze lag, sagteich zu ihr: „Mutter, steckt den Taler zu Euch, Ihr könntet ihn verlieren."

„Den wollen wir nicht weglegen, den wollen wir meiner Befreundeten schenken in ihrer letzten Not!" erwiderte sie. „Den ersten Taler nehm ich morgen wieder mit nach Haus, der gehört meinem Enkel, der soll ihn genießen. Ja seht, es ist immer ein herrlicher Junge gewesen und hielt etwas auf seinen Leib und auf seine Seele – ach Gott, auf seine Seele! – Ich habe gebetet den ganzen Weg, es ist nicht möglich, der liebe Herr läßt ihn gewiß nicht verderben. Unter allen Burschen war er immer der reinlichste und fleißigste in der Schule, aber auf die Ehre war er vor allem ganz erstaunlich. Sein Leutnant hat auch immer gesprochen: ‚Wenn meine Schwadron Ehre im Leibe hat, so sitzt sie bei dem Finkel im Quartier.' Er war unter den Ulanen. Als er zum erstenmal aus Frankreich zurückkam, erzählte er allerlei schöne Geschichten, aber immer war von der Ehre dabei die Rede. Sein Vater und sein Stiefbruder waren bei dem Landsturm und kamen oft mit ihm wegen der Ehre in Streit, denn was er zu viel hatte, hatten sie nicht genug. Gott verzeih mir meine schwere Sünde, ich will nicht schlecht von ihnen reden, jeder hat sein Bündel zu tragen: aber meine selige Tochter, *seine* Mutter, hat sich zu Tode gearbeitet bei dem Faulpelz, sie konnte nicht erschwingen, seine Schulden zu tilgen. Der Ulan erzählte von den Franzosen, und als der Vater und Stiefbruder sie ganz schlecht machen wollten, sagte der Ulan: ‚Vater, das versteht Ihr nicht, sie haben doch viel Ehre im Leibe.‘ Da ward der Stiefbruder tückisch und sagte: ‚Wie kannst du deinem Vater soviel von der Ehre vorschwatzen? war er doch Unteroffizier im N...schen Regiment und muß es besser als du verstehn, der nur Gemeiner ist.‘ – ‚Ja,‘ sagte da der alte Finkel, der nun auch rebellisch ward, ‚das war ich und habe manchen vorlauten Burschen fünfundzwanzig aufgezählt; hätte ich nur Franzosen in der Kompagnie gehabt, die sollten sie noch besser gefühlt haben mit ihrer Ehre!‘ Die Rede tat dem Ulanen gar weh, und er sagte: ‚Ich will ein Stückchen von einem französischen Unteroffizier erzählen, das gefällt mir besser. Unterm vorigen König sollten auf einmal die Prügel bei der französischen Armee eingeführt werden. Der Befehl des Kriegsministers wurde zu Straßburg bei einer großen Parade bekanntgemacht, und die Truppen hörten in Reih und Glied die Bekanntmachung mit stillem Grimm an. Da aber noch am Schluß der Parade ein Gemeiner einen Exzeß machte, wurde sein Unteroffizier vorkommandiert, ihm zwölf Hiebe zu geben. Es wurde ihm mit Strenge befohlen, und er mußte es tun. Als er aber fertig war, nahm er das Gewehr des Mannes, den er geschlagen hatte, stellte es vor sich an die Erde und drückte mit dem Fuße los, daß ihm die Kugel durch den Kopf fuhr und er tot niedersank. Das wurde an den König berichtet, und der Befehl, Prügel zu geben, ward gleich zurückgenommen. Seht, Vater, das war ein Kerl, der Ehre im Leib hatte!‘ – ‚Ein Narr war es,‘ sprach der Bruder. ‚Freß deine Ehre, wenn du Hunger hast!‘ brummte der Vater. Da nahm mein Enkel seinen Säbel und ging aus dem Haus und kam zu mir in mein Häuschen und erzählte mir alles und weinte die bittern Tränen. Ich konnte ihm nicht helfen. Die Geschichte, die er mir auch erzählte, konnte ich zwar nicht ganz verwerfen, aber ich sagte ihm doch immer zuletzt: ‚Gib Gott allein die Ehre!‘ Ich gab ihm noch den Segen, denn sein Urlaub war am andern Tage aus, und er wollte noch eine Meile umreiten nach dem Orte, wo ein Patchen von mir auf dem Edelhof diente, auf die er gar viel hielt, er wollte einmal mit ihr hausen; – sie werden auch wohl bald zusammenkommen, wenn Gott mein Gebet erhört. Er hat seinen Abschied schon genommen, mein Patchen wird ihn heut erhalten, und die Aussteuer hab ich auch schon beisammen, es soll auf der Hochzeit weiter niemand sein als ich." Da ward die Alte wieder still und schien zu beten. Ich war in allerlei Gedanken über die Ehre, und ob ein Christ den Tod des Unteroffiziers schön finden dürfe. Ich wollte, es sagte mir einmal einer etwas Hinreichendes darüber.

Als der Wächter ein Uhr anrief, sagte die Alte: „Nun habe ich noch zwei Stunden. Ei, ist Er noch da, warum geht Er nicht schlafen? Er wird morgen nicht arbeiten können und mit seinem Meister Händel kriegen; von welchem Handwerk ist Er denn, mein guter Mensch?"

Da wußte ich nicht recht, wie ich es ihr deutlich machen sollte, daß ich ein Schriftsteller sei. Ich bin ein Gestudierter, durfte ich nicht sagen, ohne zu lügen. Es ist wunderbar, daß ein Deutscher immer sich ein wenig schämt, zu sagen: er sei ein Schriftsteller. Zu Leuten aus den untern Ständen sagt man es am ungernsten, weil diesen gar leicht die Schriftgelehrten und Pharisäer aus der Bibel dabei einfallen. Der Name Schriftsteller ist nicht so eingebürgert bei uns wie das *homme de lettres* bei den Franzosen, welche überhaupt als Schriftsteller zünftig sind und in ihren Arbeiten mehr hergebrachtes Gesetz haben, ja bei denen man auch fragt: *Où avez-vous fait votre philosophie?* „Wo haben Sie Ihre Philosophie gemacht?" wie denn ein Franzose selbst viel mehr von einem gemachten Manne hat. Doch diese nicht deutsche Sitte ist es nicht allein, welche das Wort Schriftsteller so schwer auf der Zunge macht, wenn man am Tore um seinen Charakter gefragt wird, sondern eine gewisse innere Scham hält uns zurück, ein Gefühl, welches jeden befällt, der mit freien und geistigen Gütern, mit unmittelbaren Geschenken des Himmels Handel treibt. Gelehrte brauchen sich weniger zu schämen als Dichter, denn sie haben gewöhnlich Lehrgeld gegeben, sind meist in Ämtern des Staats, spalten an groben Klötzen oder arbeiten in Schachten, wo viel wilde Wasser auszupumpen sind. Aber ein sogenannter Dichter ist am übelsten daran, weil er meistens aus dem Schulgarten nach dem Parnaß entlaufen, und es ist auch wirklich ein verdächtiges Ding um einen Dichter von Profession, der es nicht nur nebenher ist. Man kann sehr leicht zu ihm sagen: „Mein Herr, ein jeder Mensch hat, wie Hirn, Herz, Magen, Milz, Leber und dergleichen, auch eine Poesie im Leibe; wer aber eines dieser Glieder überfüttert, verfüttert oder mästet und es über alle andre hinübertreibt, ja es gar zum Erwerbzweig macht, der muß sich schämen vor seinem ganzen übrigen Menschen. Einer, der von der Poesie lebt, hat das Gleichgewicht verloren, und eine übergroße Gänseleber, sie mag noch so gut schmecken, setzt doch immer eine kranke Gans voraus. Alle Menschen, welche ihr Brot nicht im Schweiß ihres Angesichts verdienen, müssen sich einigermaßen schämen; und das fühlt einer, der noch nicht ganz in der Tinte war, wenn er sagen soll, er sei ein Schriftsteller." So dachte ich allerlei und besann mich, was ich der Alten sagen sollte, welche, über mein Zögern verwundert, mich anschaute und sprach:

„Welch ein Handwerk Er treibt, frage ich. Warum will Er mirs nicht sagen? Treibt Er kein ehrlich Handwerk, so greif Ers noch an, es hat einen goldnen Boden. Er ist doch nicht etwa gar ein Henker oder Spion, der mich ausholen will? Meinethalben sei Er, wer Er will, sag Ers, wer Er ist! Wenn Er bei Tage so hier säße, würde ich glauben, Er seiein Lehnerich, so ein Tagedieb, der sich an die Häuser lehnt, damit er nicht umfällt vor Faulheit."

Da fiel mir ein Wort ein, das mir vielleicht eine Brücke zu ihrem Verständnis schlagen könnte: „Liebe Mutter," sagte ich, „ich bin ein Schreiber." – „Nun," sagte sie, „das hätte Er gleich sagen sollen. Er ist also ein Mann von der Feder, dazu gehören feine Köpfe und schnelle Finger und ein gutes Herz, sonst wird einem draufgeklopft. Ein Schreiber ist Er? Kann Er mir dann wohl eine Bittschrift aufsetzen an den Herzog, die aber gewiß erhört wird und nicht bei den vielen andern liegen bleibt?"

„Eine Bittschrift, liebe Mutter," sprach ich, „kann ich Ihr wohl aufsetzen, und ich will mir alle Mühe geben, daß sie recht eindringlich abgefaßt sein soll."

„Nun, das ist brav von Ihm," erwiderte sie. „Gott lohn es Ihm und lasse Ihn älter werden als mich und gebe Ihm auch in Seinem Alter einen so geruhigen Mut und eine so schöne

Nacht mit Rosen und Talern wie mir, und auch einen Freund, der Ihm eine Bittschrift macht, wenn es Ihm not tut. Aber jetzt gehe Er nach Haus, lieber Freund, und kaufe Er sich einen Bogen Papier und schreibe Er die Bittschrift; ich will hier auf Ihn warten. Noch eine Stunde, dann gehe ich zu meiner Pate, Er kann mitgehen; sie wird sich auch freuen an der Bittschrift. Sie hat gewiß ein gut Herz, aber Gottes Gerichte sind wunderbar."

Nach diesen Worten ward die Alte wieder still, senkte den Kopf und schien zu beten. Der Taler lag noch auf ihrem Schoß. Sie weinte. „Liebe Mutter, was fehlet Euch, was tut Euch so weh? Ihr weinet?" sprach ich.

„Nun, warum soll ich denn nicht weinen? Ich weine auf den Taler, ich weine auf die Bittschrift, auf alles weine ich. Aber es hilft nichts, es ist doch alles viel, viel besser auf Erden, als wir Menschen es verdienen, und gallenbittre Tränen sind noch viel zu süße. Sehe Er nur einmal das goldne Kamel da drüben an der Apotheke. Wie doch Gott alles so herrlich und wunderbar geschaffen hat, aber der Mensch erkennt es nicht! Und ein solch Kamel geht eher durch ein Nadelöhr als ein Reicher in das Himmelreich. – Aber, was sitzt Er denn immer da? gehe Er, den Bogen Papier zu kaufen, und bringe Er mir die Bittschrift."

„Liebe Mutter," sagte ich, „wie kann ich Euch die Bittschrift machen, wenn Ihr mir nicht sagt, was ich hineinschreiben soll?"

„Das muß ich Ihm sagen?" erwiderte sie, „dann ist es freilich keine Kunst, und wundre ich mich nicht mehr, daß Er sich einen Schreiber zu nennen schämte, wenn man Ihm alles sagen soll. Nun, ich will mein Mögliches tun. Setz Er in die Bittschrift, daß zwei Liebende beieinander ruhen sollen, und daß sie einen nicht auf die Anatomie bringen sollen, damit man seine Glieder beisammen hat, wenn es heißt: Ihr Toten, ihr Toten sollt auferstehn, ihr sollt vor das Jüngste Gerichte gehn!" Da fing sie wieder bitterlich an zu weinen.

Ich ahnete, ein schweres Leid müsse auf ihr lasten, aber sie fühle bei der Bürde ihrer Jahre nur in einzelnen Momenten sich schmerzlich gerührt. Sie weinte, ohne zu klagen, ihre Worte waren immer gleich ruhig und kalt. Ich bat sie nochmals, mir die ganze Veranlassung zu ihrer Reise in die Stadt zu erzählen, und sie sprach:

„Mein Enkel, der Ulan, von dem ich Ihm erzählte, hatte doch mein Patchen sehr lieb, wie ich Ihm vorher sagte, und sprach der schönen Annerl, wie die Leute sie ihres glatten Spiegels wegen nannten, immer von der Ehre vor und sagte ihr immer, sie solle auf ihre Ehre halten und auch auf seine Ehre. Da kriegte dann das Mädchen etwas ganz Apartes in ihr Gesicht und ihre Kleidung von der Ehre. Sie war feiner und manierlicher als alle andere Dirnen. Alles saß ihr knapper am Leibe, und wenn sie ein Bursche einmal ein wenig derb beim Tanze anfaßte oder sie etwa höher als den Steg der Baßgeige schwang, so konnte sie bitterlich darüber bei mir weinen und sprach dabei immer, es sei wider ihre Ehre. Ach, das Annerl ist ein eignes Mädchen immer gewesen. Manchmal, wenn kein Mensch es sich versah, fuhr sie mit beiden Händen nach ihrer Schürze und riß sie sich vom Leibe, als ob Feuer drin sei, und dann fing sie gleich entsetzlich an zu weinen. Aber das hat seine Ursache, es hat sie mit Zähnen hingerissen, der Feind ruht nicht. Wäre das Kind nur nicht stets so hinter der Ehre her gewesen und hätte sich lieber an unsren lieben Gott gehalten, hätte ihn nie von sich gelassen in aller Not, und hätte seinetwillen Schande und Verachtung ertragen statt ihrer Menschenehre: der Herr hätte sich gewiß erbarmt und wird es auch noch. Ach, sie kommen gewiß zusammen. Gottes Wille geschehe!

Der Ulan stand wieder in Frankreich, er hatte lange nicht geschrieben, und wir glaubten ihn fast tot und weinten oft um ihn. Er war aber im Hospital an einer schweren Blessur krank gelegen, und als er wieder zu seinen Kameraden kam und zum Unteroffizier ernannt wurde, fiel ihm ein, daß ihm vor zwei Jahren sein Stiefbruder so übers Maul gefahren: er sei nur Gemeiner und der Vater Korporal, und dann die Geschichte von dem französischen Unteroffizier, und wie er seinem Annerl von der Ehre so viel geredet, als er Abschied genommen. Da verlor er seine Ruhe und kriegte das Heimweh und sagte zu seinem Rittmeister, der ihn um sein Leid fragte: ‚Ach, Herr Rittmeister, es ist, als ob es mich mit den Zähnen nach Hause zöge.‘ Da ließen sie ihn heimreiten mit seinem Pferd, denn alle seine Offiziere trauten ihm. Er kriegte auf drei Monate Urlaub und sollte mit der Remonte wieder zurückkommen. Er eilte, so sehr er konnte, ohne seinem Pferde wehe zu tun, welches er besser pflegte als jemals, weil es ihm war anvertraut worden. An einem Tage trieb es ihn ganz entsetzlich, nach Hause zu eilen. Es war der Tag vor dem Sterbetage seiner Mutter, und es war ihm immer, als laufe sie vor seinem Pferde her und riefe: ‚Kasper, tue mir eine Ehre an!‘ Ach, ich saß an diesem Tage auf ihrem Grabe ganz allein und dachte auch: wenn Kasper doch bei mir wäre! Ich hatte Blümelein Vergißnichtmein in einen Kranz gebunden und an das eingesunkene Kreuz gehängt und maß mir den Platz umher aus und dachte: Hier will ich liegen, und da soll Kasper liegen, wenn ihm Gott sein Grab in der Heimat schenkt, daß wir fein beisammen sind, wenns heißt: Ihr Toten, ihr Toten sollt auferstehn, ihr sollt zum Jüngsten Gerichte gehn! Aber Kasper kam nicht, ich wußte auch nicht, daß er so nahe war und wohl hätte kommen können. Es trieb ihn auch gar sehr, zu eilen, denn er hatte wohl oft an diesen Tag in Frankreich gedacht und hatte einen kleinen Kranz von schönen Goldblumen von daher mitgebracht, um das Grab seiner Mutter zu schmücken, und auch einen Kranz für Annerl, den sollte sie sich bis zu ihrem Ehrentage bewahren.“ –

Hier ward die Alte still und schüttelte mit dem Kopf; als ich aber die letzten Worte wiederholte: „Den sollte sie sich bis zu ihrem Ehrentag bewahren,“ fuhr sie fort: „Wer weiß, ob ich es nicht erflehen kann, ach, wenn ich den Herzog nur wecken dürfte!“ – „Wozu?“ fragte ich, „welch Anliegen habt Ihr denn, Mutter?“ Da sagte sie ernst: „O, was läge am ganzen Leben, wenns kein End nähme? Was läge am Leben, wenn es nicht ewig wäre?“ und fuhr dann in ihrer Erzählung fort:

„Kasper wäre noch recht gut zu Mittag in unserm Dorfe angekommen, aber morgens hatte ihm sein Wirt im Stalle gezeigt, daß sein Pferd gedrückt sei, und dabei gesagt: ‚Mein Freund, das macht dem Reiter keine Ehre.‘ Das Wort hatte Kasper tief empfunden, er legte deswegen den Sattel hohl und leicht auf, tat alles, ihm die Wunde zu heilen, und setzte seine Reise, das Pferd am Zügel führend, zu Fuße fort. So kam er am späten Abend bis an eine Mühle, eine Meile von unserm Dorf, und weil er den Müller als einen alten

Freund seines Vaters kannte, sprach er bei ihm ein und wurde wie ein recht lieber Gast aus der Fremde empfangen. Kasper zog sein Pferd in den Stall, legte den Sattel und sein Felleisen in einen Winkel und ging nun zu dem Müller in die Stube. Da fragte er dann nach den Seinigen und hörte, daß ich alte Großmutter noch lebe, und daß sein Vater und sein Stiefbruder gesund seien, und daß es recht gut mit ihnen gehe. Sie wären erst gestern mit Getreide auf der Mühle gewesen; sein Vater habe sich auf den Roß- und Ochsenhandel gelegt und gedeihe dabei recht gut, auch halte er jetzt etwas auf seine Ehre und gehe nicht mehr so zerrissen umher. Darüber war der gute Kasper nun herzlich froh, und da er nach der schönen Annerl fragte, sagte ihm der Müller: er kenne sie nicht, aber wenn es die sei, die auf dem Rosenhof gedient habe, die hätte sich, wie er gehört, in der Hauptstadt vermietet, weil sie da eher etwas lernen könne und mehr Ehre dabei sei; so habe er vor einem Jahre von dem Knecht auf dem Rosenhof gehört. Das freute den Kasper auch. Wenn es ihm gleich leid tat, daß er sie nicht gleich sehen sollte, so hoffte er sie doch in der Hauptstadt bald recht fein und schmuck zu finden, daß es ihm, als einem Unteroffizier, auch eine rechte Ehre sei, mit ihr am Sonntag spazieren zu gehn. Nun erzählte er dem Müller noch mancherlei aus Frankreich; sie aßen und tranken miteinander, er half ihm Korn aufschütten, und dann brachte ihn der Müller in die Oberstube zu Bett und legte sich selbst unten auf einigen Säcken zur Ruhe. Das Geklapper der Mühle und die Sehnsucht nach der Heimat ließen den guten Kasper, wenn er gleich sehr müde war, nicht fest einschlafen. Er war sehr unruhig und dachte an seine selige Mutter und an das schöne Annerl und an die Ehre, die ihm bevorstehe, wenn er als Unteroffizier vor die Seinigen treten würde. So entschlummerte er endlich leis und wurde von ängstlichen Träumen oft aufgeschreckt. Es war ihm mehrmals, als trete seine selige Mutter zu ihm und bäte ihn händeringend um Hilfe; dann war es ihm, als sei er gestorben und würde begraben, gehe aber selbst zu Fuße als Toter mit zu Grabe, und schön Annerl gehe ihm zur Seite; er weine heftig, daß ihn seine Kameraden nicht begleiteten, und da er auf den Kirchhof komme, sei sein Grab neben dem seiner Mutter; und Annerls Grab sei auch dabei, und er gebe Annerl das Kränzlein, das er ihr mitgebracht, und hänge das der Mutter an ihr Grab, und dann habe er sich umgeschaut und niemand mehr gesehen als mich, und die Annerl, die habe einer an der Schürze ins Grab gerissen, und er sei dann auch ins Grab gestiegen und habe gesagt: ‚Ist denn niemand hier, der mir die letzte Ehre antut und mir ins Grab schießen will als einem braven Soldaten?‘ und da habe er sein Pistol gezogen und sich selbst ins Grab geschossen. Über dem Schuß wachte er mit großem Schrecken auf, denn es war ihm, als klirrten die Fenster davon. Er sah um sich in der Stube; da hörte er noch einen Schuß fallen und hörte Getöse in der Mühle und Geschrei durch das Geklapper. Er sprang aus dem Bett und griff nach seinem Säbel. In dem Augenblick ging seine Türe auf, und er sah beim Vollmondschein zwei Männer mit berußten Gesichtern mit Knitteln auf sich zustürzen. Aber er setzte sich zur Wehre und hieb den einen über den Arm, und so entflohen beide, indem sie die Türe, welche nach außen aufging und einen Riegel draußen hatte, hinter sich verriegelten. Kasper versuchte umsonst ihnen nachzukommen, endlich gelang es ihm, eine Tafel in der Türe einzutreten. Er eilte durch das Loch die Treppe hinunter und hörte das Wehgeschrei des Müllers, den er geknebelt zwischen den Kornsäcken liegend fand. Kasper band ihn los und eilte dann gleich in den Stall, nach seinem Pferde und Felleisen, aber beides war geraubt. Mit großem Jammer eilte er in die Mühle zurück und klagte dem Müller sein Unglück, daß ihm all sein Hab und Gut und das ihm anvertraute Pferd gestohlen sei, über welches letztere er sich gar nicht zufrieden geben konnte. Der Müller aber stand mit einem vollen Geldsack vor ihm, er hatte ihn in der Oberstube aus dem Schranke geholt und sagte zu dem Ulan: ‚Lieber Kasper, sei Er zufrieden; ich verdanke Ihm die Rettung meines Vermögens. Auf diesen Sack, der oben in Seiner Stube lag, hatten es die Räuber gemünzt, und Seiner Verteidigung danke ich alles, mir ist nichts gestohlen. Die Sein Pferd und Sein Felleisen im Stall fanden, müssen ausgestellte Diebeswachen gewesen sein, sie zeigten durch die Schüsse an, daß Gefahr da sei, weil sie wahrscheinlich am Sattelzeug erkannten, daß ein Kavallerist im Hause herberge. Nun soll Er meinethalben keine Not haben, ich will mir alle Mühe geben und kein Geld sparen, Ihm Seinen Gaul wieder zu finden, und finde ich ihn nicht, so will ich Ihm einen kaufen, so teuer er sein mag.‘ Kasper sagte: ‚Geschenkt nehme ich nichts, das ist gegen meine Ehre; aber wenn Er mir im Notfall siebzig Taler vorschießen will, so kriegt Er meine Verschreibung, ich schaffe sie in zwei Jahren wieder.‘ Hierüber wurden sie einig, und der Ulan trennte sich von ihm, um nach seinem Dorfe zu eilen, wo auch ein Gerichtshalter der umliegenden Edelleute wohnt, bei dem er die Sache berichten wollte. Der Müller blieb zurück, um seine Frau und seinen Sohn zu erwarten, welche auf einem Dorfe in der Nähe bei einer Hochzeit waren. Dann wollte er dem Ulanen nachkommen und die Anzeige vor Gericht auch machen.

Er kann sich denken, lieber Herr Schreiber, mit welcher Betrübnis der arme Kasper den Weg nach unserm Dorfe eilte, zu Fuß und arm, wo er hatte stolz einreiten wollen; einundfunfzig Taler, die er erbeutet hatte, sein Patent als Unteroffizier, sein Urlaub und die Kränze auf seiner Mutter Grab und für die schöne Annerl waren ihm gestohlen. Es war ihm ganz verzweifelt zumute, und so kam er um ein Uhr in der Nacht in seiner Heimat an und pochte gleich an der Türe des Gerichtshalters, dessen Haus das erste vor dem Dorfe ist. Er ward eingelassen und machte seine Anzeige und gab alles an, was ihm geraubt worden war. Der Gerichtshalter trug ihm auf, er solle gleich zu seinem Vater gehn, welches der einzige Bauer im Dorfe sei, der Pferde habe, und solle mit diesem und seinem Bruder in der Gegend herumpatrouillieren, ob er vielleicht den Räubern auf die Spur komme; indessen wolle er andre Leute zu Fuß aussenden und den Müller, wenn er komme, um die weiteren Umstände vernehmen. Kasper ging nun von dem Gerichtshalter weg nach dem väterlichen Hause. Da er aber an meiner Hütte vorüber mußte und durch das Fenster hörte, daß ich ein geistliches Lied sang, wie ich denn vor Gedanken an seine selige Mutter nicht schlafen konnte, so pochte er an und sagte: ‚Gelobt sei Jesus Christus! Liebe Großmutter, Kasper ist hier.‘ Ach, wie fuhren mir die Worte durch Mark und Bein, ich stürzte an das Fenster, öffnete es und küßte und drückte ihn mit unendlichen Tränen. Er erzählte mir sein Unglück mit großer Eile und sagte, welchen Auftrag er an seinen Vater vom Gerichtshalter habe; er müsse drum jetzt gleich hin, um den Dieben nachzusetzen, denn seine Ehre hänge davon ab, daß er sein Pferd wieder erhalte.

Ich weiß nicht, aber das Wort Ehre fuhr mir recht durch alle Glieder, denn ich wußte schwere Gerichte, die ihm bevorstanden. ‚Tue deine Pflicht und gib Gott allein die Ehre!‘ sagte ich, und er eilte von mir nach Finkels Hof, der am andern Ende des Dorfs liegt. Ich sank, als er fort war, auf die Kniee und betete zu Gott, er möge ihn doch in seinen Schutz nehmen, ach, ich betete mit einer Angst wie niemals und mußte dabei immer sagen: Herr, dein Wille geschehe, wie im Himmel so auf Erden.

Der Kasper lief zu seinem Vater mit einer entsetzlichen Angst. Er stieg hinten über den Gartenzaun, er hörte die Plumpe gehen, er hörte im Stall wiehern, das fuhr ihm durch die Seele; er stand still. Er sah im Mondschein, daß zwei Männer sich wuschen; es wollte ihm das Herz brechen. Der eine sprach: ‚Das verfluchte Zeug geht nicht herunter‘; da sagte der andre: ‚Komm erst in den Stall, dem Gaul den Schwanz abzuschlagen und die Mähnen zu verschneiden. Hast du das Felleisen auch tief genug unterm Mist begraben?‘ – ‚Ja,‘ sagte der andre. Da gingen sie nach dem Stall, und Kasper, vor Jammer wie ein Rasender, sprang hervor und schloß die Stalltüre hinter ihnen und schrie: ‚Im Namen des Herzogs! Ergebt euch! Wer sich widersetzt, den schieße ich nieder!‘ Ach, da hatte er seinen Vater und seinen Stiefbruder als die Räuber seines Pferdes gefangen. ‚Meine Ehre, meine Ehre ist verloren!‘ schrie er, ‚ich bin der Sohn eines ehrlosen Diebes.‘ Als die beiden im Stall diese Worte hörten, ist ihnen bös zumute geworden; sie schrien: ‚Kasper, lieber Kasper, um Gottes willen, bringe uns nicht ins Elend! Kasper, du sollst ja alles wiederhaben; um deiner seligen Mutter willen, deren Sterbetag heute ist, erbarme dich deines Vaters und Bruders!‘ Kasper aber war wie verzweifelt, er schrie nur immer: ‚Meine Ehre, meine Pflicht!‘ Und da sie nun mit Gewalt die Türe erbrechen wollten und ein Fach in der Lehmwand einstoßen, um zu entkommen, schoß er ein Pistol in die Luft und schrie: ‚Hilfe, Hilfe, Diebe, Hilfe!‘ Die Bauern, von dem Gerichtshalter erweckt, welche schon herannahten, um sich über die verschiedenen Wege zu bereden, auf denen sie die Einbrecher in die Mühle verfolgen wollten, stürzten auf den Schuß und das Geschrei ins Haus. Der alte Finkel flehte immer noch, der Sohn solle ihm die Türe öffnen, der aber sagte: ‚Ich bin ein Soldat und muß der Gerechtigkeit dienen.‘ Da traten der Gerichtshalter und die Bauern heran. Kasper sagte: ‚Um Gottes Barmherzigkeit willen, Herr Gerichtshalter, mein Vater, mein Bruder sind selbst die Diebe, o daß ich nie geboren wäre! Hier im Stalle habe ich sie gefangen, mein Felleisen liegt im Miste vergraben.‘ Da sprangen die Bauern in den Stall und banden den alten Finkel und seinen Sohn und schleppten sie in ihre Stube. Kasper aber grub das Felleisen hervor und nahm die zwei Kränze heraus und ging nicht in die Stube, er ging nach dem Kirchhofe an das Grab seiner Mutter. Der Tag war angebrochen. Ich war auf der Wiese gewesen und hatte für mich und für Kasper zwei Kränze von Blümelein Vergißnichtmein geflochten; ich dachte: er soll mit mir das Grab seiner Mutter schmücken, wenn er von seinem Ritt zurückkommt. Da hörte ich allerlei ungewohnten Lärm im Dorf, und weil ich das Getümmel nicht mag und am liebsten alleine bin, so ging ich ums Dorf herum nach dem Kirchhof. Da fiel ein Schuß, ich sah den Dampf in die Höhe steigen, ich eilte auf den Kirchhof – o du lieber Heiland, erbarme dich sein! Kasper lag tot auf dem Grabe seiner Mutter. Er hatte sich die Kugel durch das Herz geschossen, auf welches er sich das Kränzlein, das er für schön Annerl mitgebracht, am Knopfe befestigt hatte; durch diesen Kranz hatte er sich ins Herz geschossen. Den Kranz für die Mutter hatte er schon an das Kreuz befestigt. Ich meinte, die Erde täte sich unter mir auf bei dem Anblick. Ich stürzte über ihn hin und schrie immer: ‚Kasper, o du unglückseliger Mensch, was hast du getan? Ach, wer hat dir denn dein Elend erzählt? O warum habe ich dich von mir gelassen, ehe ich dir alles gesagt! Gott, was wird dein armer Vater, dein Bruder sagen, wenn sie dich so finden!‘ Ich wußte nicht, daß er sich wegen diesen das Leid angetan: ich glaubte, es habe eine ganz andere Ursache. Da kam es noch ärger. Der Gerichtshalter und die Bauern brachten den alten Finkel und seinen Sohn mit Stricken gebunden. Der Jammer erstickte mir die Stimme in der Kehle, ich konnte kein Wort sprechen. Der Gerichtshalter fragte mich, ob ich meinen Enkel nicht gesehn? Ich zeigte hin, wo er lag. Er trat zu ihm, er glaubte, er weine auf dem Grabe; er schüttelte ihn, da sah er das Blut niederstürzen. ‚Jesus Marie!' rief er aus, ‚der Kasper hat Hand an sich gelegt.' Da sahen die beiden Gefangenen sich schrecklich an; man nahm den Leib des Kaspers und trug ihn neben ihnen her nach dem Hause des Gerichtshalters. Es war ein Wehgeschrei im ganzen Dorfe, die Bauerweiber führten mich nach. Ach, das war wohl der schrecklichste Weg in meinem Leben!"

Da ward die Alte wieder still, und ich sagte zu ihr: „Liebe Mutter, Euer Leid ist entsetzlich, aber Gott hat Euch auch recht lieb; die er am härtesten schlägt, sind seine liebsten Kinder. Sagt mir nun, liebe Mutter, was Euch bewogen hat, den weiten Weg hierherzugehen, und um was Ihr die Bittschrift einreichen wollt!"

„Ei, das kann Er sich doch wohl denken," fuhr sie ganz ruhig fort, „um ein ehrliches Grab für Kasper und die schöne Annerl, der ich das Kränzlein zu ihrem Ehrentag mitbringe. Es ist ganz mit Kaspers Blut unterlaufen, seh Er einmal!"

Da zog sie einen kleinen Kranz von Flittergold aus ihrem Bündel und zeigte ihn mir. Ich konnte bei dem anbrechenden Tage sehen, daß er vom Pulver geschwärzt und mit Blut besprengt war. Ich war ganz zerrissen von dem Unglück der guten Alten, und die Größe und Festigkeit, womit sie es trug, erfüllte mich mit Verehrung. „Ach, liebe Mutter," sagte ich, „wie werdet Ihr der armen Annerl aber ihr Elend beibringen, daß sie gleich nicht vor Schrecken tot niedersinkt, und was ist denn das für ein Ehrentag, zu welchem Ihr dem Annerl den traurigen Kranz bringet?"

„Lieber Mensch," sprach sie, „komme Er nur mit, Er kann mich zu ihr begleiten, ich kann doch nicht geschwind fort, so werden wir sie gerade zu rechter Zeit noch finden. Ich will Ihm unterwegs noch alles erzählen."

Nun stand sie auf und betete ihren Morgensegen ganz ruhig und brachte ihre Kleider in Ordnung, und ihren Bündel hängte sie dann an meinen Arm. Es war zwei Uhr des Morgens, der Tag graute, und wir wandelten durch die stillen Gassen.

„Seh Er," erzählte die Alte fort, „als der Finkel und sein Sohn eingesperrt waren, mußte ich zum Gerichtshalter auf die Gerichtsstube. Der tote Kasper wurde auf einen Tisch gelegt und mit seinem Ulanenmantel bedeckt hereingetragen, und nun mußte ich alles dem Gerichtshalter sagen, was ich von ihm wußte und was er mir heute morgen durch das Fenster gesagt hatte. Das schrieb er alles auf sein Papier nieder, das vor ihm lag. Dann sah er die Schreibtafel durch, die sie bei Kasper gefunden; da standen mancherlei Rechnungen drin, einige Geschichten von der Ehre und auch die von dem französischen Unteroffizier, und hinter ihr war mit Bleistift etwas geschrieben." Da gab mir die Alte die Brieftasche, und ich las folgende letzte Worte des unglücklichen Kaspers: „Auch ich kann meine Schande nicht überleben. Mein Vater und mein Bruder sind Diebe, sie haben mich selbst bestohlen; mein Herz brach mir, aber ich mußte sie gefangennehmen und den Gerichten übergeben, denn ich bin ein Soldat meines Fürsten, und meine Ehre erlaubt mir keine Schonung. Ich habe meinen Vater und Bruder der Rache übergeben um der Ehre willen. Ach! bitte doch jedermann für mich, daß man mir hier, wo ich gefallen bin, ein ehrliches Grab neben meiner Mutter vergönne! Das Kränzlein, durch welches ich mich erschossen, soll die Großmutter der schönen Annerl schicken und sie von mir grüßen. Ach, sie tut mir leid durch Mark und Bein, aber sie soll doch den Sohn eines Diebes nicht heiraten, denn sie hat immer viel auf Ehre gehalten. Liebe, schöne Annerl, mögest Du nicht so sehr erschrecken über mich! Gib Dich zufrieden, und wenn Du mir jemals ein wenig gut warst, so rede nicht schlecht von mir! Ich kann ja nichts für meine Schande! Ich hatte mir so viele Mühe gegeben, in Ehren zu bleiben mein Leben lang, ich war schon Unteroffizier und hatte den besten Ruf bei der Schwadron, ich wäre gewiß noch einmal Offizier geworden, und Annerl, Dich hätte ich doch nicht verlassen und hätte keine Vornehmere gefreit – aber der Sohn eines Diebes, der seinen Vater aus Ehre selbst fangen und richten lassen muß, kann seine Schande nicht überleben. Annerl, liebes Annerl, nimm doch ja das Kränzlein, ich bin Dir immer treu gewesen, so Gott mir gnädig sei! Ich gebe Dir nun Deine Freiheit wieder, aber tue mir die Ehre und heirate nie einen, der schlechter wäre als ich. Und wenn Du kannst, so bitte für mich, daß ich ein ehrliches Grab neben meiner Mutter erhalte. Und wenn Du hier in unserm Ort sterben solltest, so lasse Dich auch bei uns begraben; die gute Großmutter wird auch zu uns kommen, da sind wir alle beisammen. Ich habe funfzig Taler in meinem Felleisen, die sollen auf Interessen gelegt werden für Dein erstes Kind. Meine silberne Uhr soll der Herr Pfarrer haben, wenn ich ehrlich begraben werde. Mein Pferd, die Uniform und Waffen gehören dem Herzog, diese meine Brieftasche gehört Dein. Adies, herztausender Schatz, adies, liebe Großmutter, betet für mich und lebt alle wohl! – Gott erbarme sich meiner! – Ach, meine Verzweiflung ist groß!"

Ich konnte diese letzten Worte eines gewiß edeln, unglücklichen Menschen nicht ohne bittere Tränen lesen. – „Der Kasper muß ein gar guter Mensch gewesen sein, liebe Mutter," sagte ich zu der Alten, welche nach diesen Worten stehen blieb und meine Hand drückte und mit tief bewegter Stimme sagte: „Ja, es war der beste Mensch auf der Welt. Aber die letzten Worte von der Verzweiflung hätte er nicht schreiben sollen, die bringen ihn um sein ehrliches Grab, die bringen ihn auf die Anatomie. Ach, lieber Schreiber, wenn Er hierin nur helfen könnte."

„Wieso, liebe Mutter?" fragte ich, „was können diese letzten Worte dazu beitragen?" – „Ja gewiß," erwiderte sie, „der Gerichtshalter hat es mir selbst gesagt. Es ist ein Befehl an alle Gerichte ergangen, daß nur die Selbstmörder aus Melancholie ehrlich sollen begraben werden; alle aber, die aus Verzweiflung Hand an sich gelegt, sollen auf die Anatomie, und der Gerichtshalter hat mir gesagt, daß er den Kasper, weil er selbst seine Verzweiflung eingestanden, auf die Anatomie schicken müsse."

„Das ist ein wunderlich Gesetz," sagte ich, „denn man könnte wohl bei jedem Selbstmord einen Prozeß anstellen, ob er aus Melancholie oder Verzweiflung entstanden, der so lange dauern müßte, daß der Richter und die Advokaten darüber in Melancholie und Verzweiflung fielen und auf die Anatomie kämen. Aber seid nur getröstet, liebe Mutter, unser Herzog ist ein so guter Herr, wenn er die ganze Sache hört, wird er dem armen Kasper gewiß sein Plätzchen neben der Mutter vergönnen."

„Das gebe Gott!" erwiderte die Alte, „sehe Er nun, lieber Mensch, als der Gerichtshalter alles zu Papier gebracht hatte, gab er mir die Brieftasche und den Kranz für die schöne Annerl, und so bin ich dann gestern hierhergelaufen, damit ich ihr an ihrem Ehrentag den Trost noch mit auf den Weg geben kann. – Der Kasper ist zu rechter Zeit gestorben; hätte er alles gewußt, er wäre närrisch geworden vor Betrübnis."

„Was ist es denn nun mit der schönen Annerl?" fragte ich die Alte. „Bald sagt Ihr, sie habe nur noch wenige Stunden, bald sprecht Ihr von ihrem Ehrentag, und sie werde Trost gewinnen durch Eure traurige Nachricht. Sagt mir doch alles heraus, will sie Hochzeit halten mit einem andern, ist sie tot, krank? Ich muß alles wissen, damit ich es in die Bittschrift setzen kann."

Da erwiderte die Alte: „Ach, lieber Schreiber, es ist nun so! Gottes Wille geschehe! Sehe Er: als Kasper kam, war ich doch nicht recht froh; als Kasper sich das Leben nahm, war ich doch nicht recht traurig; ich hätte es nicht überleben können, wenn Gott sich meiner nicht erbarmt gehabt hätte mit größerem Leid. Ja, ich sage Ihm: es war mir ein Stein vor das Herz gelegt, wie ein Eisbrecher, und alle die Schmerzen, die wie Grundeis gegen mich stürzten und mir das Herz gewiß abgestoßen hätten, die zerbrachen an diesem Stein und trieben kalt vorüber. Ich will Ihm etwas erzählen, das ist betrübt.

Als mein Patchen, die schöne Annerl, ihre Mutter verlor, die eine Base von mir war und sieben Meilen von uns wohnte, war ich bei der kranken Frau. Sie war die Witwe eines armen Bauern und hatte in ihrer Jugend einen Jäger liebgehabt, ihn aber wegen seines wilden Lebens nicht genommen. Der Jäger war endlich in solch Elend gekommen, daß er auf Tod und Leben wegen eines Mordes gefangen saß. Das erfuhr meine Base auf ihrem Krankenlager, und es tat ihr so weh, daß sie täglich schlimmer wurde und endlich in ihrer Todesstunde, als sie mir die liebe, schöne Annerl als mein Patchen übergab und Abschied von mir nahm, noch in den letzten Augenblicken zu mir sagte: ‚Liebe Anne Margret, wenn du durch das Städtchen kömmst, wo der arme Jürge gefangen liegt, so lasse ihm sagen durch den Gefangenwärter, daß ich ihn bitte auf meinem Todesbett, er solle sich zu Gott bekehren, und daß ich herzlich für ihn gebetet habe in meiner letzten Stunde, und daß ich ihn schön grüßen lasse.‘ – Bald nach diesen Worten starb die gute Base, und als sie begraben war, nahm ich die kleine Annerl, die drei Jahre alt war, auf den Arm und ging mit ihr nach Haus.

Vor dem Städtchen, durch das ich mußte, kam ich an der Scharfrichterei vorüber, und weil der Meister berühmt war als ein Viehdoktor, sollte ich einige Arznei mitnehmen für unsern Schulzen. Ich trat in die Stube und sagte dem Meister, was ich wollte, und er antwortete, daß ich ihm auf den Boden folgen solle, wo er die Kräuter liegen habe, und ihm helfen aussuchen. Ich ließ Annerl in der Stube und folgte ihm. Als wir zurück in die Stube traten, stand Annerl vor einem kleinen Schranke, der an der Wand befestigt war, und sprach: ‚Großmutter, da ist eine Maus drin, hört, wie es klappert, da ist eine Maus drin!‘

Auf diese Rede des Kindes machte der Meister ein sehr ernsthaftes Gesicht, riß den Schrank auf und sprach: ‚Gott sei uns gnädig!‘ denn er sah sein Richtschwert, das allein in dem Schranke an einem Nagel hing, hin und her wanken. Er nahm das Schwert herunter, und mir schauderte. ‚Liebe Frau,‘ sagte er, ‚wenn Ihr das kleine, liebe Annerl lieb habt, so erschreckt nicht, wenn ich ihm mit meinem Schwert rings um das Hälschen die Haut ein wenig aufritze: denn das Schwert hat vor ihm gewankt, es hat nach seinem Blut verlangt, und wenn ich ihm den Hals damit nicht ritze, so steht dem Kinde groß Elend im Leben bevor.‘ Da faßte er das Kind, welches entsetzlich zu schreien begann, ich schrie auch und riß das Annerl zurück. Indem trat der Bürgermeister des Städtchens herein, der von der Jagd kam und dem Richter einen kranken Hund zur Heilung bringen wollte. Er fragte nach der Ursache des Geschreis. Annerl schrie: ‚Er will mich umbringen!‘ Ich war außer mir vor Entsetzen. Der Richter erzählte dem Bürgermeister das Ereignis. Dieser verwies ihm seinen Aberglauben, wie er es nannte, heftig und unter scharfen Drohungen. Der Richter blieb ganz ruhig dabei und sprach: ‚So habens meine Väter gehalten, so halt ichs.‘ Da sprach der Bürgermeister: ‚Meister Franz, wenn Ihr glaubtet, Euer Schwert habe sich gerührt, weil ich Euch hiermit anzeige, daß morgen früh um sechs Uhr der Jäger Jürge von Euch soll geköpft werden, so wollt ich es noch verzeihen; aber daß Ihr daraus etwas auf dies liebe Kind schließen wollt, das ist unvernünftig und toll. Es könnte so etwas einen Menschen in Verzweiflung bringen, wenn man es ihm später in seinem Alter sagte, daß es ihm in seiner Jugend geschehen sei. Man soll keinen Menschen in Versuchung führen.‘ – ‚Aber auch keines Richters Schwert,‘ sagte Meister Franz vor sich und hing sein Schwert wieder in den Schrank. Nun küßte der Bürgermeister das Annerl und gab ihm eine Semmel aus seiner Jagdtasche, und da er mich gefragt, wer ich sei, wo ich herkomme und hinwolle, und ich ihm den Tod meiner Base erzählt hatte und auch den Auftrag an den Jäger Jürge, sagte er mir: ‚Ihr sollt ihn ausrichten, ich will Euch selbst zu ihm führen. Er hat ein hartes Herz, vielleicht wird ihn das Andenken einer guten Sterbenden in seinen letzten Stunden rühren.‘ Da nahm der gute Herr mich und Annerl auf seinen Wagen, der vor der Tür hielt, und fuhr mit uns in das Städtchen hinein.

Er hieß mich zu seiner Köchin gehn; da kriegten wir gutes Essen, und gegen Abend ging er mit mir zu dem armen Sünder. Und als ich dem die letzten Worte meiner Base erzählte, fing er bitterlich an zu weinen und schrie: ‚Ach Gott! wenn sie mein Weib geworden, wäre es nicht so weit mit mir gekommen.‘ Dann begehrte er, man solle den Herrn Pfarrer doch noch einmal zu ihm bitten, er wolle mit ihm beten. Das versprach ihm der Bürgermeister und lobte ihn wegen seiner Sinnesveränderung und fragte ihn, ob er vor seinem Tode noch einen Wunsch hätte, den er ihm erfüllen könne. Da sagte der Jäger Jürge: ‚Ach, bittet hier die gute alte Mutter, daß sie doch morgen mit dem Töchterlein ihrer seligen Base bei meinem Rechte zugegen sein mögen, das wird mir das Herz stärken in meiner letzten Stunde.‘ Da bat mich der Bürgermeister, und so graulich es mir war, so konnte ich es dem armen, elenden Menschen nicht abschlagen. Ich mußte ihm die Hand geben und es ihm feierlich versprechen, und er sank weinend auf das Stroh. Der Bürgermeister ging dann mit mir zu seinem Freunde, dem Pfarrer, dem ich nochmals alles erzählen mußte, ehe er sich ins Gefängnis begab.

Die Nacht mußte ich mit dem Kinde in des Bürgermeisters Haus schlafen, und am andern Morgen ging ich den schweren Gang zur Hinrichtung des Jägers Jürge. Ich stand neben dem Bürgermeister im Kreis und sah, wie er das Stäblein brach. Da hielt der Jäger Jürge noch eine schöne Rede, und alle Leute weinten, und er sah mich und die kleine Annerl, die vor mir stand, gar beweglich an, und dann küßte er den Meister Franz, der Pfarrer betete mit ihm, die Augen wurden ihm verbunden, und er kniete nieder. Da gab ihm der Richter den Todesstreich. ‚Jesus, Maria, Josef!' schrie ich aus; denn der Kopf des Jürgen flog gegen Annerl zu und biß mit seinen Zähnen dem Kinde in sein Röckchen, das ganz entsetzlich schrie. Ich riß meine Schürze vom Leibe und warf sie über den scheußlichen Kopf, und Meister Franz eilte herbei, riß ihn los und sprach: ‚Mutter, Mutter, was habe ich gestern gesagt? Ich kenne mein Schwert, es ist lebendig!' – Ich war niedergesunken vor Schreck, das Annerl schrie entsetzlich. Der Bürgermeister war ganz bestürzt und ließ mich und das Kind nach seinem Hause fahren. Da schenkte mir seine Frau andre Kleider für mich und das Kind, und nachmittag schenkte uns der Bürgermeister noch Geld, und viele Leute des Städtchens auch, die Annerl sehen wollten, so daß ich an zwanzig Taler und viele Kleider für sie bekam. Am Abend kam der Pfarrer ins Haus und redete mir lange zu, daß ich das Annerl nur recht in der Gottesfurcht erziehen sollte und auf alle die betrübten Zeichen gar nichts geben, das seien nur Schlingen des Satans, die man verachten müsse, und dann schenkte er mir noch eine schöne Bibel für das Annerl, die sie noch hat; und dann ließ uns der gute Bürgermeister am andern Morgen noch an drei Meilen weit nach Haus fahren. Ach, du mein Gott, und alles ist doch eingetroffen!" sagte die Alte und schwieg.

Eine schauerliche Ahnung ergriff mich, die Erzählung der Alten hatte mich ganz zermalmt. „Um Gottes willen, Mutter!" rief ich aus, „was ist es mit der armen Annerl geworden, ist denn gar nicht zu helfen?"

„Es hat sie mit den Zähnen dazu gerissen!" sagte die Alte. „Heut wird sie gerichtet; aber sie hat es in der Verzweiflung getan, die Ehre, die Ehre lag ihr im Sinn. Sie war zu Schanden gekommen aus Ehrsucht, sie wurde verführt von einem Vornehmen, er hat sie sitzen lassen, sie hat ihr Kind erstickt in derselben Schürze, die ich damals über den Kopf des Jägers Jürge warf und die sie mir heimlich entwendet hat. Ach, es hat sie mit Zähnen dazu gerissen, sie hat es in der Verwirrung getan. Der Verführer hatte ihr die Ehe versprochen und gesagt, der Kasper sei in Frankreich geblieben. Dann ist sie verzweifelt und hat das Böse getan und hat sich selbst bei den Gerichten angegeben. Um vier Uhr wird sie gerichtet. Sie hat mir geschrieben, ich möchte noch zu ihr kommen; das will ich nun tun und ihr das Kränzlein und den Gruß von dem armen Kasper bringen, und die Rose, die ich heut nacht erhalten, das wird sie trösten. Ach, lieber Schreiber, wenn Er es nur in der Bittschrift auswirken kann, daß ihr Leib und auch der Kasper dürfen auf unsern Kirchhof gebracht werden."

„Alles, alles will ich versuchen!" rief ich aus. „Gleich will ich nach dem Schlosse laufen; mein Freund, der Ihr die Rose gab, hat die Wache dort, er soll mir den Herzog wecken. Ich will vor sein Bett knien und ihn um Pardon für Annerl bitten."

„Pardon?" sagte die Alte kalt. „Es hat sie ja mit Zähnen dazu gezogen; hör Er, lieber Freund, Gerechtigkeit ist besser als Pardon; was hilft aller Pardon auf Erden? Wir müssen doch alle vor das Gericht:

Ihr Toten, ihr Toten sollt auferstehn, Ihr sollt vor das Jüngste Gerichte gehn.

Seht, sie will keinen Pardon, man hat ihn ihr angeboten, wenn sie den Vater des Kindes nennen wolle. Aber das Annerl hat gesagt: ‚Ich habe sein Kind ermordet und will sterben und ihn nicht unglücklich machen; ich muß meine Strafe leiden, daß ich zu meinem Kinde komme, aber ihn kann es verderben, wenn ich ihn nenne.‘ Darüber wurde ihr das Schwert zuerkannt. Gehe Er zum Herzog und bitte Er für Kasper und Annerl um ein ehrlich Grab! Gehe Er gleich! Seh Er, dort geht der Herr Pfarrer ins Gefängnis; ich will ihn ansprechen, daß er mich mit hinein zum schönen Annerl nimmt. Wenn Er sich eilt, so kann Er uns draußen am Gerichte vielleicht den Trost noch bringen mit dem ehrlichen Grab für Kasper und Annerl.“

Unter diesen Worten waren wir mit dem Prediger zusammengetroffen. Die Alte erzählte ihr Verhältnis zu der Gefangenen, und er nahm sie freundlich mit zum Gefängnis. Ich aber eilte nun, wie ich noch nie gelaufen, nach dem Schlosse, und es machte mir einen tröstenden Eindruck, es war mir wie ein Zeichen der Hoffnung, als ich an Graf Grossingers Hause vorüberstürzte und aus einem offnen Fenster des Gartenhauses eine liebliche Stimme zur Laute singen hörte:

„Die Gnade sprach von Liebe, Die Ehre aber wacht Und wünscht voll Lieb der Gnade In Ehren gute Nacht.
Die Gnade nimmt den Schleier, Wenn Liebe Rosen gibt, Die Ehre grüßt den Freier, Weil sie die Gnade liebt.“

Ach, ich hatte der guten Wahrzeichen noch mehr: einhundert Schritte weiter fand ich einen weißen Schleier auf der Straße liegend; ich raffte ihn auf, er war voll von duftenden Rosen. Ich hielt ihn in der Hand und lief weiter mit dem Gedanken: „Ach Gott, das ist die Gnade.“ Als ich um die Ecke bog, sah ich einen Mann, der sich in seinem Mantel verhüllte, als ich vor ihm vorübereilte, und mir heftig den Rücken wandte, um nicht gesehen zu werden. Er hätte es nicht nötig gehabt, ich sah und hörte nichts in meinem Innern als: Gnade, Gnade! und stürzte durch das Gittertor in den Schloßhof. Gott sei Dank, der Fähndrich Graf Grossinger, der unter den blühenden Kastanienbäumen vor der Wache auf und ab ging, trat mir schon entgegen.

„Lieber Graf,“ sagte ich mit Ungestüm, „Sie müssen mich gleich zum Herzog bringen, gleich auf der Stelle, oder alles ist zu spät, alles ist verloren!“

Er schien verlegen über diesen Antrag und sagte: „Was fällt Ihnen ein, zu dieser ungewohnten Stunde? Es ist nicht möglich. Kommen Sie zur Parade, da will ich Sie vorstellen.“

Mir brannte der Boden unter den Füßen. „Jetzt,“ rief ich aus, „oder nie! Es muß sein! Es betrifft das Leben eines Menschen.“

„Es kann jetzt nicht sein,“ erwiderte Grossinger scharf absprechend. „Es betrifft meine Ehre; es ist mir untersagt, heute nacht irgendeine Meldung zu tun.“

Das Wort Ehre machte mich verzweifeln. Ich dachte an Kaspers Ehre, an Annerls Ehre und sagte: „Die vermaledeite Ehre! Gerade um die letzte Hilfe zu leisten, welche so eine Ehre übriggelassen, muß ich zum Herzoge. Sie müssen mich melden, oder ich schreie laut nach dem Herzog.“

„So Sie sich rühren,“ sagte Grossinger heftig, „lasse ich Sie in die Wache werfen. Sie sind ein Phantast, Sie kennen keine Verhältnisse.“

„O, ich kenne Verhältnisse, schreckliche Verhältnisse! Ich muß zum Herzoge, jede Minute ist unerkauflich!“ versetzte ich. „Wollen Sie mich nicht gleich melden, so eile ich allein zu ihm.“

Mit diesen Worten wollte ich nach der Treppe, die zu den Gemächern des Herzogs hinaufführte, als ich den nämlichen in einen Mantel Verhüllten, der mir begegnete, nach dieser Treppe eilend bemerkte. Grossinger drehte mich mit Gewalt um, daß ich diesen nicht sehen sollte. „Was machen Sie, Töriger?“ flüsterte er mir zu, „schweigen Sie, ruhen Sie! Sie machen mich unglücklich.“

„Warum halten Sie den Mann nicht zurück, der da hinaufging?“ sagte ich. „Er kann nichts Dringenderes vorzubringen haben als ich. Ach, es ist so dringend, ich muß, ich muß! Es betrifft das Schicksal eines unglücklichen, verführten armen Geschöpfs.“

Grossinger erwiderte: „Sie haben den Mann hinaufgehen sehen; wenn Sie je ein Wort davon äußern, so kommen Sie vor meine Klinge. Gerade weil *er* hinaufging, können *Sie nicht* hinauf, der Herzog hat Geschäfte mit ihm.“

Da erleuchteten sich die Fenster des Herzogs. „Gott, er hat Licht, er ist auf!“ sagte ich. „Ich muß ihn sprechen, um des Himmels willen lassen Sie mich, oder ich schreie Hilfe!“

Grossinger faßte mich beim Arm und sagte: „Sie sind betrunken, kommen Sie in die Wache. Ich bin Ihr Freund, schlafen Sie aus und sagen Sie mir das Lied, das die Alte heut nacht an der Türe sang, als ich die Runde vorüberführte; das Lied interessiert mich sehr.“

„Gerade wegen der Alten und den Ihrigen muß ich mit dem Herzoge sprechen!“ rief ich aus.

„Wegen der Alten?“ versetzte Grossinger. „Wegen der sprechen Sie mit mir, die großen Herrn haben keinen Sinn für so etwas. Geschwind kommen Sie nach der Wache.“

Er wollte mich fortziehen, da schlug die Schloßuhr halb vier. Der Klang schnitt mir wie ein Schrei der Not durch die Seele, und ich schrie aus voller Brust zu den Fenstern des Herzogs hinauf:

„Hilfe! um Gottes willen Hilfe für ein elendes, verführtes Geschöpf!“ Da ward Grossinger wie unsinnig. Er wollte mir den Mund zuhalten, aber ich rang mit ihm; er stieß mich in den Nacken, er schimpfte; ich fühlte, ich hörte nichts. Er rief nach der

Wache; der Korporal eilte mit etlichen Soldaten herbei, mich zu greifen. Aber in dem Augenblick ging des Herzogs Fenster auf, und es rief herunter:

„Fähndrich Graf Grossinger, was ist das für ein Skandal? Bringen Sie den Menschen herauf, gleich auf der Stelle!"

Ich wartete nicht auf den Fähndrich; ich stürzte die Treppe hinauf, ich fiel nieder zu den Füßen des Herzogs, der mich betroffen und unwillig aufstehen hieß. Er hatte Stiefel und Sporen an und doch einen Schlafrock, den er sorgfältig über der Brust zusammenhielt.

Ich trug dem Herzoge alles, was mir die Alte von dem Selbstmorde des Ulans, von der Geschichte der schönen Annerl erzählt hatte, so gedrängt vor, als es die Not erforderte, und flehte ihn wenigstens um den Aufschub der Hinrichtung auf wenige Stunden und um ein ehrliches Grab für die beiden Unglücklichen an, wenn Gnade unmöglich sei. – „Ach, Gnade, Gnade!" rief ich aus, indem ich den gefundenen weißen Schleier voll Rosen aus dem Busen zog, „dieser Schleier, den ich auf meinem Wege hierher gefunden, schien mir Gnade zu verheißen."

Der Herzog griff mit Ungestüm nach dem Schleier und war heftig bewegt; er drückte den Schleier in seinen Händen, und als ich die Worte aussprach: „Euer Durchlaucht! Dieses arme Mädchen ist ein Opfer falscher Ehrsucht; ein Vornehmer hat sie verführt und ihr die Ehe versprochen. Ach, sie ist so gut, daß sie lieber sterben will, als ihn nennen" – da unterbrach mich der Herzog mit Tränen in den Augen und sagte: „Schweigen Sie, ums Himmels willen schweigen Sie!" – Und nun wendete er sich zu dem Fähndrich, der an der Türe stand, und sagte mit dringender Eile: „Fort, eilend zu Pferde mit diesem Menschen hier; reiten Sie das Pferd tot; nur nach dem Gerichte hin; heften Sie diesen Schleier an Ihren Degen, winken und schreien Sie: ‚Gnade, Gnade!' Ich komme nach."

Grossinger nahm den Schleier. Er war ganz verwandelt, er sah aus wie ein Gespenst vor Angst und Eile. Wir stürzten in den Stall, saßen zu Pferde und ritten im Galopp; er stürmte wie ein Wahnsinniger zum Tore hinaus. Als er den Schleier an seine Degenspitze heftete, schrie er: „Herr Jesus, meine Schwester!" Ich verstand nicht, was er wollte. Er stand hoch im Bügel und wehte und schrie: „Gnade, Gnade!" Wir sahen auf dem Hügel die Menge um das Gericht versammelt. Mein Pferd scheute vor dem wehenden Tuch. Ich bin ein schlechter Reiter, ich konnte den Grossinger nicht einholen; er flog im schnellsten Karriere, ich strengte alle Kräfte an. Trauriges Schicksal! Die Artillerie exerzierte in der Nähe; der Kanonendonner machte es unmöglich, unser Geschrei aus der Ferne zu hören. Grossinger stürzte, das Volk stob auseinander, ich sah in den Kreis, ich sah einen Stahlblitz in der frühen Sonne – ach Gott, es war der Schwertblitz des Richters! – Ich sprengte heran, ich hörte das Wehklagen der Menge. „Pardon, Pardon!" schrie Grossinger und stürzte mit wehendem Schleier durch den Kreis wie ein Rasender. Aber der Richter hielt ihm das blutende Haupt der schönen Annerl entgegen, das ihn wehmütig anlächelte. Da schrie er: „Gott sei mir gnädig!" und fiel auf die Leiche hin zur Erde. „Tötet mich, tötet mich, ihr Menschen! Ich habe sie verführt, ich bin ihr Mörder!"

Eine rächende Wut ergriff die Menge. Die Weiber und Jungfrauen drangen heran und rissen ihn von der Leiche und traten ihn mit Füßen, er wehrte sich nicht; die Wachen konnten das wütende Volk nicht bändigen. Da erhob sich das Geschrei: „Der Herzog, der Herzog!" – Er kam im offnen Wagen gefahren; ein blutjunger Mensch, den Hut tief ins Gesicht gedrückt, in einen Mantel gehüllt, saß neben ihm. Die Menschen schleifen Grossinger herbei. „Jesus, mein Bruder!" schrie der junge Offizier mit der weiblichsten Stimme aus dem Wagen. Der Herzog sprach bestürzt zu ihm: „Schweigen Sie!" Er sprang aus dem Wagen, der junge Mensch wollte folgen; der Herzog drängte ihn schier unsanft zurück; aber so beförderte sich die Entdeckung, daß der junge Mensch die als Offizier verkleidete Schwester Grossingers sei. Der Herzog ließ den mißhandelten, blutenden, ohnmächtigen Grossinger in den Wagen legen, die Schwester nahm keine Rücksicht mehr, sie warf ihren Mantel über ihn. Jedermann sah sie in weiblicher Kleidung. Der Herzog war verlegen, aber er sammelte sich und befahl, den Wagen sogleich umzuwenden und die Gräfin mit ihrem Bruder nach ihrer Wohnung zu fahren. Dieses Ereignis hatte die Wut der Menge einigermaßen gestillt. Der Herzog sagte laut zu dem wachthabenden Offizier: „Die Gräfin Grossinger hat ihren Bruder an ihrem Hause vorbeireiten sehen, den Pardon zu bringen, und wollte diesem freudigen Ereignis beiwohnen; als ich zu demselben Zwecke vorüberfuhr, stand sie am Fenster und bat mich, sie in meinem Wagen mitzunehmen; ich konnte es dem gutmütigen Kinde nicht abschlagen. Sie nahm einen Mantel und Hut ihres Bruders, um kein Aufsehen zu erregen, und hat, von dem unglücklichen Zufall überrascht, die Sache gerade dadurch zu einem abenteuerlichen Skandal gemacht. Aber wie konnten Sie, Herr Leutnant, den unglücklichen Grafen Grossinger nicht vor dem Pöbel schützen? Es ist ein gräßlicher Fall: daß er, mit dem Pferde stürzend, zu spät kam; er kann doch aber nichts dafür. Ich will die Mißhandler des Grafen verhaftet und bestraft wissen."

Auf diese Rede des Herzogs erhob sich ein allgemeines Geschrei: „Er ist ein Schurke, er ist der Verführer, der Mörder der schönen Annerl gewesen; er hat es selbst gesagt, der elende, der schlechte Kerl!"

Als dies von allen Seiten hertönte und auch der Prediger und der Offizier und die Gerichtspersonen es bestätigten, war der Herzog so tief erschüttert, daß er nichts sagte als: „Entsetzlich, entsetzlich, o der elende Mensch!"

Nun trat der Herzog blaß und bleich in den Kreis; er wollte die Leiche der schönen Annerl sehen. Sie lag auf dem grünen Rasen in einem schwarzen Kleide mit weißen Schleifen. Die alte Großmutter, welche sich um alles, was vorging, nicht bekümmerte, hatte ihr das Haupt an den Rumpf gelegt und die schreckliche Trennung mit ihrer Schürze bedeckt. Sie war beschäftigt, ihr die Hände über die Bibel zu falten, welche der Pfarrer in dem kleinen Städtchen der kleinen Annerl geschenkt hatte; das goldene Kränzlein band sie ihr auf den Kopf und steckte die Rose vor die Brust, welche ihr Grossinger in der Nacht gegeben hatte, ohne zu wissen, wem er sie gab.

Der Herzog sprach bei diesem Anblick: „Schönes, unglückliches Annerl! Schändlicher Verführer, du kamst zu spät! – Arme, alte Mutter, du bist ihr allein treu geblieben bis in den Tod!" Als er mich bei diesen Worten in seiner Nähe sah, sprach er zu mir: „Sie sagten mir von einem letzten Willen des Korporal Kasper, haben Sie ihn bei sich?" Da wendete ich mich zu der Alten und sagte: „Arme Mutter, gebt mir die Brieftasche Kaspers; Seine Durchlaucht wollen seinen letzten Willen lesen."

Die Alte, welche sich um nichts bekümmerte, sagte mürrisch: „Ist Er auch wieder da? Er hätte lieber ganz zu Hause bleiben können. Hat Er die Bittschrift? Jetzt ist es zu spät. Ich habe dem armen Kinde den Trost nicht geben können, daß sie zu Kasper in ein ehrliches Grab soll; ach, ich hab es ihr vorgelogen, aber sie hat mir nicht geglaubt."

Der Herzog unterbrach sie und sprach: „Ihr habt nicht gelogen, gute Mutter. Der Mensch hat sein möglichstes getan, der Sturz des Pferdes ist an allem schuld. Aber sie soll ein ehrliches Grab haben bei ihrer Mutter und bei Kasper, der ein braver Kerl war. Es soll ihnen beiden eine Leichenpredigt gehalten werden über die Worte: ‚Gebt Gott allein die Ehre!' Der Kasper soll als Fähndrich begraben werden, seine Schwadron soll ihm dreimal ins Grab schießen, und des Verderbers Grossingers Degen soll auf seinen Sarg gelegt werden."

Nach diesen Worten ergriff er Grossingers Degen, der mit dem Schleier noch an der Erde lag, nahm den Schleier herunter, bedeckte Annerl damit und sprach: „Dieser unglückliche Schleier, der ihr so gern Gnade gebracht hätte, soll ihr die Ehre wiedergeben. Sie ist ehrlich und begnadigt gestorben, der Schleier soll mit ihr begraben werden."

Den Degen gab er dem Offizier der Wache mit den Worten: „Sie werden heute noch meine Befehle wegen der Bestattung des Ulanen und dieses armen Mädchens bei der Parade empfangen."

Nun las er auch die letzten Worte Kaspers laut mit vieler Rührung. Die alte Großmutter umarmte mit Freudentränen seine Füße, als wäre sie das glücklichste Weib. Er sagte zu ihr: „Gebe Sie sich zufrieden, Sie soll eine Pension haben bis an Ihr seliges Ende, ich will Ihrem Enkel und der Annerl einen Denkstein setzen lassen." Nun befahl er dem Prediger, mit der Alten und einem Sarge, in welchen die Gerichtete gelegt wurde, nach seiner Wohnung zu fahren und sie dann nach ihrer Heimat zu bringen und das Begräbnis zu besorgen. Da währenddem seine Adjutanten mit Pferden gekommen waren, sagte er noch zu mir: „Geben Sie meinem Adjutanten Ihren Namen an, ich werde Sie rufen lassen. Sie haben einen schönen menschlichen Eifer gezeigt." Der Adjutant schrieb meinen Namen in seine Schreibtafel und machte mir ein verbindliches Kompliment. Dann sprengte der Herzog, von den Segenswünschen der Menge begleitet, in die Stadt. Die Leiche der schönen Annerl ward nun mit der guten alten Großmutter in das Haus des Pfarrers gebracht, und in der folgenden Nacht fuhr dieser mit ihr nach der Heimat zurück. Der Offizier traf mit dem Degen Grossingers und einer Schwadron Ulanen auch daselbst am folgenden Abend ein. Da wurde nun der brave Kasper, mit Grossingers Degen auf der Bahre und dem Fähndrichspatent, neben der schönen Annerl zur Seite seiner Mutter begraben. Ich war auch hingeeilt und führte die alte Mutter, welche kindisch vor Freude war, aber wenig redete; und als die Ulanen dem Kasper zum drittenmal ins Grab schossen, fiel sie mir tot in die Arme. Sie hat ihr Grab auch neben den Ihrigen empfangen. Gott gebe ihnen allen eine freudige Auferstehung!

Sie sollen treten auf die Spitzen, Wo die lieben Engelein sitzen, Wo kömmt der liebe Gott gezogen Mit einem schönen Regenbogen; Da sollen ihre Seelen vor Gott bestehn, Wann wir werden zum Himmel eingehn! Amen.

Als ich in die Hauptstadt zurückkam, hörte ich, Graf Grossinger sei gestorben, er habe Gift genommen. In meiner Wohnung fand ich einen Brief von ihm. Er sagte mir darin:

„Ich habe Ihnen viel zu danken. Sie haben meine Schande, die mir lange das Herz abnagte, zutage gebracht. Jenes Lied der Alten kannte ich wohl, die Annerl hatte es mir oft vorgesagt; sie war ein unbeschreiblich edles Geschöpf. Ich war ein elender Verbrecher. Sie hatte ein schriftliches Eheversprechen von mir gehabt und hat es verbrannt. Sie diente bei einer alten Tante von mir, sie litt oft an Melancholie. Ich habe mich durch gewisse medizinische Mittel, die etwas Magisches haben, ihrer Seele bemächtigt. – Gott sei mir gnädig! – Sie haben auch die Ehre meiner Schwester gerettet. Der Herzog liebt sie, ich war sein Günstling – die Geschichte hat ihn erschüttert – Gott helfe mir! Ich habe Gift genommen.

Josef Graf Grossinger.“

Die Schürze der schönen Annerl, in welche ihr der Kopf des Jägers Jürge bei seiner Enthauptung gebissen, ist auf der herzoglichen Kunstkammer bewahrt worden. Man sagt, die Schwester des Grafen Grossinger werde der Herzog mit dem Namen *Voile de Grâce*, auf deutsch „Gnadenschleier“, in den Fürstenstand erheben und sich mit ihr vermählen. Bei der nächsten Revue in der Gegend von D... soll das Monument auf den Gräbern der beiden unglücklichen Ehrenopfer auf dem Kirchhof des Dorfs errichtet und eingeweiht werden. Der Herzog wird mit der Fürstin selbst zugegen sein. Er ist ausnehmend zufrieden damit; die Idee soll von der Fürstin und dem Herzoge zusammen erfunden sein. Es stellt die falsche und wahre Ehre vor, die sich vor einem Kreuze beiderseits gleich tief zur Erde beugen; die Gerechtigkeit steht mit dem geschwungenen Schwerte zur einen Seite, die Gnade zur andern Seite und wirft einen Schleier heran. Man will im Kopfe der Gerechtigkeit Ähnlichkeit mit dem Herzoge, in dem Kopfe der Gnade Ähnlichkeit mit dem Gesichte der Fürstin finden.

EINIGE SOLDATENLIEDER CLEMENS BRENTANOS ALS ANHANG

KRIEGSLIED

Der Herr hat einen Kampf bestellt, Wer Gott liebt, hält zusammen. Es steht in Kriegesflammen Die ganze weite Welt. Der Friede mußt uns drücken, Gewitter war die Zeit, Da wir das Schwert nun zücken, Wird auch der Himmel weit.

Trompeten schmettern durch die Welt, Was heimlich wir getragen. Wir haben unsre Klagen Dem Schwert anheimgestellt. Wenn sich die Monde füllen, Gebiert die Zeit mit Schmerz, Es wuchs durch Geist und Willen Der Sieg ihr unterm Herz!

Musketenschall, Kanonenzorn Es laut verkünden müssen, Es zieht sich aus den Füßen Der Löwe nun den Dorn. Das Kreuz wir lang schon tragen, Das Kreuz der Eisenzeit, Nun wird die Zeit geschlagen Ans Eisenkreuz im Streit.

Nun gehts Trara romdomdidom, Ein jeder darf es sagen, Der Tambour muß es schlagen, Daß es ans Tagslicht komm! Der führt die beste Stimme, Der sich dem Schwert vertraut, Sein Leid in heilgem Grimme Aus Feindesrücken haut.

Hurra! Hurra! nun schlaget drein, Wer nicht gehört, soll fühlen, Der Hoffart wird sich kühlen, Beißt er ins Gras hinein! Ein gute Wehr und Waffen, Ein feste Burg ist Gott, Er hat uns frei erschaffen, Er hilft aus Not und Spott!

LUSTIGES SOLDATENLIED

Es leben die Soldaten So recht von Gottes Gnaden, Der Himmel ist ihr Zelt, Ihr Tisch das grüne Feld.

Ihr Bette ist der Rasen, Trompeter müssen blasen, Guten Morgen! gute Nacht! Daß man mit Lust erwacht.

Ihr Wirtsschild ist die Sonne, Ihr Freund die volle Tonne, Ihr Schlafbuhl ist der Mond, Der in der Sternschanz wohnt.

Die Sterne haben Stunden, Die Sterne haben Runden Und werden abgelöst, Drum, Schildwacht, sei getröst.

Wir richten mit dem Schwerte, Der Leib gehört der Erde, Die Seel dem Himmelszelt, Der Rock bleibt in der Welt.

Wer fällt, der bleibet liegen, Wer steht, der kann noch siegen, Wer übrig bleibt, hat recht, Und wer entflieht, ist schlecht!

Zum Hassen oder Lieben Ist alle Welt getrieben, Es bleibet keine Wahl, Der Teufel ist neutral.

Bedienet uns ein Bauer, So schmeckt der Wein fast sauer, Doch ists ein schöner Schatz, So kriegt sie einen Schmatz.

SOLDATENKATECHISMUS

Bist matt und müd, so sing ein Lied Aus Herzenslust, das stärkt die Brust.

In höchster Qual fluch wohl einmal, In heißem Streit Gott dirs verzeiht.

Geh in die Schanz froh wie zum Tanz; Heil gibt der Tod, das Leben Not.

Gefangen sein ist große Pein; Viel besser ficht, bis 's Aug dir bricht.

Scheint grausam dir dein Offizier, Bedenke, hart ist Krieges Art.

Der Bürger schwätzt, der Prahler wetzt, Der Krieger ficht; Mensch, richte nicht!

Nicht räsonier, wie man dich führ, Du bist im Plan, man gibt ihn an.

Montur ist eng, Ordnung gestreng, Für alles steht, der vor dir geht.

Halt trocken, rein so Schloß als Stein; Leicht ists geputzt, und viel es nutzt.

Bad', wasche dich, wenns schicket sich, Gesund dichs hält und kost't kein Geld.

Wo du quartiert, hilf gern dem Wirt, Dann tut er dir mehr als Gebühr.

Du bist Soldat, die Kriegestat Sei dein Genuß aus Will und Muß.

Hart ist die Nuß, doch beißt das Muß Den Kern heraus, das sei dein Schmaus.

Sei treu der Fahn stets zugetan; Du schworst bei ihr, nicht desertier!

Mit Magd und Weib nicht Mutwill treib, Die dich gebar, auch beides war.

Getreue Lieb nur Einer gib, Das stärkt in Schlacht und Todesnacht.

Wer alle Tag treibt neuen Scherz, Hat statt dem Herz 'nen Taubenschlag.

Trink nicht zu viel beim Würfelspiel, Das gibt bös' Wort' und bringt in Mord.

Halt auf die Ehr, doch überhör Ein Wort, das leicht vom Munde streicht.

Hart ist die Zeit, such keinen Streit, Als wo der Feind im Feld erscheint.

Schneid kein Gesicht dem Schwächern nicht, Ein Schwacher ist doch auch ein Christ.

Verläumd geschwind kein armes Kind; Wer Böses spricht, sich selber sticht.

Die Landwehr ehr, ihr Dienst ist schwer, Läßt Hof und Haus und hilf dir aus.

In Feindes Land üb keine Schand, Das merkt er sich und schützet dich.

Doch trau auch nicht auf jed Gesicht, Sei streng und mild, ein edles Bild.

Wer als dein Feind gesund erscheint, Dein Bruder wird, ist er blessiert.

Bei Glockenklang und Kirchensang Den Hut fein zieh und beug das Knie.

Wo kein Kapell, die Augen hell Bei Nacht und Tag zum Himmel schlag

Ein Stoßgebet in Not erhöht Des Mannes Mut und stillt das Blut.

Der Morgenstern steht Gott, dem Herrn, Auch vor dem Zelt, ein frommer Held.

Mit Gott und Welt sei stets gestellt Die Rechnung dein hübsch klar und rein.

Dann bist du frei, trifft dich das Blei, Fällt dir dein Los in Gottes Schoß.
Am Morgen sprich: Gott segne mich! Am Abend denk: Gott Schutz mir schenk!
Und in der Schlacht: Gott für mich wacht! Der steht, der fällt, den er bestellt.

IM LAGER

Schlummerstille herrscht im Lager, Ohne Regung ruht das Heer, Einsam spähend sieht
die Wache Auch nicht einen Feind umher; Kein Geräusch von keiner Seite, Friedensstille
rings um mich; In der lang ergoßnen Weite Reget keine Waffe sich.
Schon rührt sich die Trommel, Schon lockt die Trompete, Da hebt sich der Streiter, Da
rasselt der Krieg, Da spielen die Winde In flatternden Fahnen, Geschwinde! Geschwinde!
Auf blutigen Bahnen Aurora und Eifer, Gewalt, Mut und Sieg!

HUSARENLIED

Ah bassa manelki teremtete, So bläst der Trompeter, so wünschet ein jeder, Auf daß es
nun endlich recht drauf und dran geh! Man streicht sich den Schnurrbart und gibt ihm den
Zwick Und wiegt in dem Säbel des Feindes Geschick.
Chor: Schlechte Reiter Sind nichts weiter Als sechsbeinige Bärenhäuter.
Ah bassa manelki teremtete! Wir fahren auf Rossen zusammen gegossen Wie die
Wetterwolken in himmlischer Höh, Es schmettern wie Blitze die Säbel hervor, Wer fest
nicht im Sitze, der kriegt eins ans Ohr.
Chor: Schlechte Reiter Sind nichts weiter Als sechsbeinige Bärenhäuter.
Ah bassa manelki teremtete! Wir ungrischen Husaren, wir haben erfahren, Daß der Feind
nicht gern in die Augen uns seh, Sein schlechtes Gewissen verträgt kein Gericht, Ins Gras
oft gebissen hat vor uns der Wicht.
Chor: Schlechte Reiter Sind nichts weiter Als sechsbeinige Bärenhäuter.
Ah bassa manelki teremtete! Mein Säbel, der treue, den Kampf nun erneue, Daß *noster
Franciscus Justitiam* seh.Wir Ungern wir schlagen mit dem Säbel auf 'n Tisch, *Protestor*
wir sagen, dann geht es von frisch.
Chor: Schlechte Reiter Sind nichts weiter Als sechsbeinige Bärenhäuter.
Ah bassa manelki teremtete! Heraus, ihr Neuntöter, Pariser Dekreter, Auf daß man euch a
bißl die Kundschaft nachseh, Und wer nicht kapabel mit Füß und mit Hand, Dem
schreibet mein Sabel mit Blut aufs Patent:
Chor: Schlechte Reiter Sind nichts weiter Als sechsbeinige Bärenhäuter.

Ah bassa manelki teremtete! Wie riecht ihr neubacken, die russ'schen Kosacken, Die suchen euch wahrlich recht gründlich die Flöh. Gespickt mit der Nadel, gespießt und rotiert, Heraus mit dem Bratel, nun wird es transchiert.
Chor: Schlechte Reiter Sind nichts weiter Als sechsbeinige Bärenhäuter.

Ah bassa manelki teremtete! Pariser Husaren, die öfters schon waren, Wo seid ihr? Da grunzet ein Schwein in die Höh: Vor Magdeburg hieben die Preußen sie klein, Was übrig geblieben, das fraß ich allein.
Chor: Schlechte Reiter Sind nichts weiter Als sechsbeinige Bärenhäuter. Ah bassa manelki teremtete! Die Sau sah der Unger, sie schwankte vor Hunger, Er sprach: Halt dich immer nur bei der Armee. Ich mäst dich mit Garden, mit lauter Offizier, Die ich mit deiner Schwarten an die Stiefel mir schmier.
Chor: Schlechte Reiter Sind nichts weiter Als sechsbeinige Bärenhäuter.

Ah bassa manelki teremtete! Der lügt wie gedrucket, der die Achseln noch zucket, Daß er nicht gehaun noch gestochen euch sah. Dort ließt ihrs im Stiche, hier kriegt ihrs im Hieb, Mit ungrischer Küche nehmt halters vorlieb.
Chor: Schlechte Reiter Sind nichts weiter Als sechsbeinige Bärenhäuter.

Ah bassa manelki teremtete! Heraus, was noch übrig, ihr seid ja ganz fiebrig, Heraus nur, ich koch euch 'nen ungrischen Tee. Was nackete Pferschen, potz Himmel und Erd! Ihr habt untern Märschen nur Wölf und kein Pferd.
Chor: Schlechte Reiter Sind nichts weiter Als sechsbeinige Bärenhäuter.

Ah bassa manelki teremtete! Ihr könnt einem 's Reiten auf Lebtag verleiden, Streu dich mit Chausseestaub, du große Armee.Dann lerne vom Schneider, zu Wien beim de Bach, Der kanns viel gescheiter, ihr machts ihm schlecht nach.
Chor: Schlechte Reiter Sind nichts weiter Als sechsbeinige Bärenhäuter.

LIED DER FRAUEN

Wenn es stürmet auf den Wogen, Sitzt die Schifferin zu Haus, Doch ihr Herz ist hingezogen Auf die weite See hinaus.
Bei jeder Welle, die brandet Schäumend an Ufers Rand, Denkt sie, er strandet, er strandet, Er kehret mir nimmer zum Land.
Bei des Donners wildem Toben Sitzt die Schäferin zu Haus, Doch ihr Herz, das schwebet oben In des Wetters wildem Saus.
Bei jedem Strahle, der klirrte Schmetternd durch Donners Groll, Denkt sie, mein Hirte, mein Hirte Mir nimmermehr kehren soll.
Wenn es in dem Abgrund bebet, Sitzt des Bergmanns Weib zu Haus, Doch ihr treues Herz, das schwebet In des Schachtes dunklem Graus. Bei jedem Stoße, der rüttet Hallend

im dunklen Schacht, Denkt sie, verschüttet, verschüttet Ist mein Knapp in der Erde Nacht.

Wenn die Feldschlacht tost und klirret, Sitzt des Kriegers Weib zu Haus, Doch ihr banges Herz das irret In des Kampfes wilden Strauß.

Bei jedem Knall, jedem Hallen Der Stücke an Bergeswand Denkt sie, gefallen, gefallen Ist mein Held nun fürs Vaterland.